AF576343

LA DROGUE EN MILIEU ÉDUCATIF

ou les chemins de la perdition

Poésie

Mory Mandiana Diakité

LA DROGUE EN MILIEU ÉDUCATIF

ou les chemins de la perdition

Poésie

Préface de Dre Diaka Sidibé

Du même auteur

- DE LA SAVANE AFRICAINE EN CHINE POPULAIRE ou L'étrange parcours d'un Peulh du Wassolon, Dakar, L'Harmattan-Sénégal, 2018
- KUNFÈKO ou la fabuleuse histoire d'un natif de Dakana, Dakar, L'Harmattan-Sénégal, 2019
- LE SOLEIL DE LA DÉMOCRATIE, Dakar, L'Harmattan-Sénégal, 2019
- EN L'AN 3000, Dakar, L'Harmattan-Sénégal, 2020

10 VDN, Sicap Amitié 3, Lotissement Cité Police, DAKAR

direction@senharmattan.com
librairie@senharmattan.com

ISBN : 978-2-14-048747-7
EAN : 9782140487477

DÉDICACES

Je dédie cet ouvrage aux nouvelles autorités du pays, avec à sa tête le colonel Mamadi Doumbouya et à l'ensemble des membres du CNRD et de son gouvernement. En effet, l'idée de l'écrire est née suite à ma nomination, survenue au mois de janvier dernier, au poste de Directeur général adjoint chargé de la recherche de l'Institut Itinérant de Formation et de Prévention Intégrées contre la Drogue et Autres Conduites Addictives (IIFPIDCA). Sans cette nomination, je n'aurais certainement pas eu l'idée et le courage d'écrire ce recueil de poèmes.

Je suis tout de même conscient que les régimes passent, mais le pays demeure et les hommes aussi. Surtout lorsqu'il s'agit d'un régime militaire de transition. Autrement dit, cet ouvrage n'a rien de politique et ne doit point être politisé.

Que personne alors ne colle une connotation politico-ethnique à cet ouvrage. Car, Mamadi Doumbouya va passer, mais la lutte contre la drogue demeurera toujours. Et personne n'est à l'abri des méfaits néfastes de ce fléau, que l'on peut qualifier de pandémie, tellement le nombre de victimes et le taux de contamination sont élevés. Mais seuls les ingrats ne se rappellent pas des bienfaits.

REMERCIEMENTS

Je rends d'abord gloire à Dieu, le Tout-Puissant, le Tout-Miséricordieux, pour m'avoir donné l'intelligence et l'énergie nécessaires de produire ce recueil de poèmes.

Que Madame le Ministre de l'Enseignement supérieur, de la Recherche scientifique et de l'Innovation, Docteur Diaka Sidibé, et Monsieur le Secrétaire général du même département, Docteur Facinet Conté, trouvent ici mes sincères remerciements. Les mêmes remerciements sont adressés à Madame Chérif née Diaba Doumbouya, la grande sœur du Président de la transition, le Colonel Mamady Doumbouya et à l'ensemble de ses autres frères et sœurs.

Je ne peux terminer sans adresser un remerciement particulier à toute personne, de près ou loin, ayant contribué à l'édition de ce document et à ma réussite académique. Les mots me manquent pour remercier les amoureux de mes écrits, notamment : Messieurs Sékou Diakité dit Évêque, Sékou Doumbouya de Faralako,

Ansoumane Sidibé, mon beau-père, Kassim Keïta, Madame Kadiatou Kaba, journaliste en service à la RTG et auteure, Odia Sidimé, fille du Professeur Youssouf Sidimé, Ibrahima Sacko, et tant d'autres que je ne peux tous citer ici. Il faut noter que M. Kassim Keïta est auteur de deux ouvrages lui aussi.

Que le personnel de l'IIFPIDCA avec à sa tête, Docteur Thierno Bah, ne se sente pas oublié dans cette rubrique de remerciements. Sans leurs encouragements et leur franche collaboration, ce travail n'aurait certainement pas abouti. Ainsi, que les travailleurs et travailleuses de cet Institut trouvent ici leur part de remerciement.

Prologue

Initiative de l'Institut Itinérant de Formation et de Prévention Intégrées contre la Drogue et autres Conduites Addictives (IIFPIDCA), ce recueil de poèmes est produit pour servir de support de sensibilisation contre la drogue en milieu éducatif spécifiquement. Son contenu est censé conscientiser les élèves et étudiants sur les dangers liés à l'abus de drogues, qui peut avoir des conséquences graves telles que : l'échec scolaire, l'isolement, la perte des apprentissages, la violence, le viol, la déscolarisation et la vulnérabilité psychiatrique.

C'est une nouvelle approche qui peut avoir un double intérêt, à savoir : l'apprentissage cumulé à la sensibilisation. Autrement dit, une pierre, deux coups. Surtout que, l'IIFPIDCA compte organiser annuellement des concours de lecture de ces poèmes et attribuer des prix aux heureux lauréats, avec l'appui de ses partenaires.

Au-delà de la sensibilisation, il peut susciter un réel engouement au sein des jeunes écoliers et étudiants, tout en dissuadant les potentiels candidats à l'addiction. Avec ce recueil, on parlera tout le temps de la drogue en milieu éducatif et au même moment. C'est une sensibilisation continue.

Il sera assurément un outil efficace et efficient contre la drogue en milieu éducatif. Cette stratégie consiste à agir sur la conscience des apprenants, afin qu'ils s'éloignent des stupéfiants le plus loin possible. Cela est mieux que la répression, qui a un effet limité tant sur le plan spatial que dans la durée ; car ces jeunes addictifs à la drogue sont des innocents. Ils se sont vus dedans malgré eux par les vicissitudes de la vie, notamment par effet d'entraînement. C'est la raison pour laquelle il faut intégrer la sensibilisation axée sur la littérature avec pour slogan : **Ensemble, construisons une jeunesse sans drogue**.

L'idéal voudrait que chaque enseignant et élève du secondaire et du lycée soit doté de ce recueil de poèmes. Chaque chef de famille et agent des forces de sécurité et de défense, s'il est lettré, doit être doté de ce document, pour la tranquillité et la cohésion sociale. Pour cela, l'IIFPIDCA réitère son appel à ses partenaires pour un accompagnement de tout instant, afin d'accomplir sa noble mission qu'est : **la réduction de la demande de drogues à un seuil tolérable**.

PRÉFACE

En vue d'assurer une réussite académique aux futures générations, gage de leur épanouissement professionnel et humain, la lutte contre la vente et la consommation de la drogue sous toutes ses formes est une priorité d'une nécessité impérieuse pour l'État guinéen et ses organes spécialisés. Il est fort regrettable de constater de nos jours, que le milieu éducatif est devenu l'un des terreaux fertiles à l'utilisation des substances nuisibles à la santé physique et mentale de nos enfants.

En effet, la république de Guinée, comme beaucoup d'autres pays, fait face à une augmentation inquiétante de la consommation de drogues chez les jeunes. Cette tendance alarmante ne peut être ignorée, car elle menace l'avenir et le bien-être de nos futurs dirigeants, de nos intellectuels en herbe, de nos artistes émergents et de tous les acteurs clés de notre développement national.

C’est dans la perspective de lutter contre ce phénomène vicieux que L'Institut Itinérant de Formation et de Prévention Intégrées contre la Drogue et autres Conduites Addictives (IIFPIDCA) a été mis en place en Guinée. Il s’agit d’une initiative visant à lutter contre la drogue et les comportements addictifs. Cet institut représente un effort concerté pour sensibiliser, éduquer et prévenir les risques associés à l'utilisation de drogues et à d'autres formes de dépendances, plus particulièrement en milieu éducatif.

C'est donc avec une profonde émotion et un sentiment de joie que je m’attèle à la préface de ce recueil de poèmes intitulé « **La drogue en milieu éducatif** », avec pour sous-*titre : « Les chemins de la perdition.* », portant sur l'utilisation de la drogue en milieu scolaire et estudiantin en Guinée en particulier, en Afrique en général.

En tant que Ministre de l'Enseignement Supérieur, de la Recherche scientifique et de l’Innovation, je suis confrontée quotidiennement aux défis auxquels nos jeunes font face dans leur parcours éducatif. Parmi ces défis, l'usage de drogues constitue une préoccupation majeure qui nécessite notre attention collective. Car, « **la drogue, outre sa dangerosité pour la santé de ses consommateurs, est une véritable ruine pour l'âme** ».

Elle est l'un des plus grands fléaux qui met une jeunesse en déroute en lui faisant perdre ses repères.

Une jeunesse saine physiquement et mentalement est une jeunesse qui gagne. Une jeunesse avec une santé fragile et précaire est synonyme d'une nation en décrépitude.

Ce recueil de poèmes de notre illustre doyen Mory Mandiana Diakité est une invitation à la réflexion, à la sensibilisation et à l'action. C'est une valeur ajoutée à cette lutte que lui et son équipe mènent au quotidien. Chaque vers, chaque ligne de ce bréviaire nous met face à l'urgence de la situation et nous exhorte à unir nos forces pour lutter contre ce fléau. Il nous rappelle que nous avons le pouvoir de changer les choses, de construire un environnement scolaire et universitaire sain et sécurisé où nos jeunes peuvent s'épanouir sans être exposés aux dangers de la drogue.

En tant que Ministre en charge de l'Enseignement Supérieur, je m'engage à soutenir toutes les initiatives visant à prévenir et à combattre l'utilisation de drogues en milieu scolaire. J'appelle les acteurs de l'éducation, les parents, les enseignants, les élèves et la société civile à se mobiliser collectivement pour faire face à cette problématique à l'instar de notre cher doyen. Chaque poème de ce recueil est une fenêtre ouverte sur les réalités qui se cachent derrière les chiffres et les statistiques. Les mots se tissent avec habileté pour dépeindre les conséquences parfois dévastatrices de l'usage de la drogue. Mais au-delà de la noirceur qui peut émaner de ce phénomène, on peut trouver dans ces textes des lueurs d'espoir, des appels à l'action et des suggestions pour un changement positif.

La prévention, l'éducation et l'accompagnement sont les piliers de notre stratégie commune pour protéger notre jeunesse et garantir un avenir meilleur.

Je considère donc ce recueil comme une opportunité de sensibilisation et de mobilisation. Nous ne pouvons pas rester indifférents face à cette réalité qui nuit au développement intellectuel, social et émotionnel de nos jeunes. Il est de notre devoir de préserver un environnement sain et propice à l'apprentissage, où chaque élève peut s'épanouir et réaliser son plein potentiel.

Ensemble, nous devons travailler main dans la main pour prévenir l'usage de la drogue en milieu scolaire et estudiantin en vue d'offrir un soutien aux jeunes en difficulté et de promouvoir des valeurs de respect, d'épanouissement et de responsabilité.

Dre Diaka Sidibé

Ministre de l'Enseignement supérieur, de la Recherche scientifique et de l'Innovation

Mon fils,

Mon cher ami,

Mon bien-aimé,

Ne consomme pas la drogue !

La drogue a un effet distractif temporaire, trompant et hypnotisant !

On la consomme en s'isolant dans des cabanes, dans des bâtiments vétustes inachevés ou inhabités en étant seul ou en groupuscule, au bord de la mer, sous les rives ou dans les buissons !

Mais on se trompe soi-même croyant faussement qu'on le fait à l'abri des regards.

Où que tu te caches pour y consommer, on le saura !

Par ton regard, on le saura que tu es usager de drogues !

On le saura par tes gestes et ton comportement !

Par tes yeux,

Par ta façon de t'habiller,

Par ta façon de raisonner !

Fumer de la drogue,
Inhaler de la drogue,
S'injecter de la drogue,
Avaler des comprimés de drogue dure,
Est dangereux pour le système nerveux de l'usager de drogues lui-même !
Dangereux pour la société dans laquelle il évolue,
Pour les membres de sa famille !
Pour ses voisins !
La drogue tue et fait tuer des innocents !
Combien d'accidents de circulation ont été causés par l'effet de la drogue ?
Dans nos cités ?
Dans nos villages ?
Journellement ?
Mensuellement ?
Annuellement ?
Éloigne-toi d'elle le plus loin possible,
Car elle rend fou et place le consommateur accro dans un état transitoire,
De ni fou et de ni sain,
Entre l'homme normal et l'homme anormal,

Entre la conscience et l'inconscience.
Une jeunesse sans drogue est une jeunesse saine,
Une jeunesse responsable,
Une jeunesse consciente !
Faisons notre jeunesse sans consommer de la drogue,
Sans en être un distributeur agréé dans les quartiers pauvres et populaires !
Dansons avec notre esprit !
Roulons avec notre esprit !
Un adolescent évoluant sans drogue est un adolescent disposant d'un esprit sain,
Un esprit propre,
Un esprit vert !
Une pensée propre
Produit sans doute une décision propre,
Une décision réfléchie.
Moins de drogués,
Moins de crimes,
Moins d'instabilités sociopolitiques !
Ensemble, bâtissons une société sans drogue,
Boutons la drogue hors de nos familles,

Hors de nos écoles,

Hors de nos quartiers,

Hors de nos villes,

Hors de nos frontières,

Pourquoi pas hors de l'Afrique tout entière ?

Avec une jeunesse consciente, la relève est assurée,

Pour un lendemain meilleur pour le pays,

Pour un futur radieux du pays !

Vive la jeunesse consciente de mon pays !

Vive la république hospitalière d'Afrique.

Ô jeunesse de mon pays !
Jeunesse d'Afrique !
L'Afrique des Africains !
Africains francophones !
Africains anglophones !
Africains lusophones !
Africains hispanophones !
Je m'adresse à vous,
Pour un réveil de conscience,
Sur notre démission collective,
Sur notre responsabilité partagée dans la déperdition des enfants !
Sur notre déchéance socioculturelle !
Sur notre futur emprisonnement à ciel ouvert !
Ô Africains de mon pays !
Africains d'ici et d'ailleurs !
Savez-vous où en sommes-nous aujourd'hui ?
Quelle société bâtissons-nous ?
Sommes-nous en train de bâtir insidieusement une société à dominance toxicomane ?

Une société de drogués et de dealers ?
Une société de pervers ?
Une société de production ou de consommation ?
Voilà que nous sommes ce que nous sommes,
Voilà que nous sommes dépossédés de notre fondement,
Le fondement de notre existence !
Chacun est ce qu'il est !
Chacun est dans son petit calcul !
Le calcul de survie !
Le calcul de comment joindre les deux bouts !
Le calcul de tout pour moi seul,
Et rien pour les autres !
Le calcul du culte du moi !
Tout est facile verbalement !
Tout est difficile concrètement !
Tout est à portée de main théoriquement !
Tout est loin d'être acquis pratiquement !
Pendant ce temps, le temps file !
Le temps change !
Peut-être change-t-il sans qu'on y en soit conscient,

Mais tout en laissant des traces mesurables et indélébiles,

Sur ceux qui vivent et ceux qui ne vivent pas !

J'étais quand même bébé hier,

Je suis jeune aujourd'hui,

Je serai vieux demain,

Et en fin de compte,

N'est-ce pas ma demeure éternelle ?

Que vais-je laisser derrière moi après ma disparition de ce bas-monde,

De ce monde ici-bas ?

Quelle œuvre vais-je laisser pour l'humanité,

Pour qu'on se souvienne de moi pour toujours ?

Sans métier, sans sérieux, pendant que je suis encore sain et vivace,

Que serai-je moi en ma vieillesse ?

Serai-je un fardeau social pour les autres ?

Une charge négative sociale ?

Finirai-je par basculer dans les réseaux criminels ?

Des réseaux de consommateurs et de trafiquants de drogues du quartier ?

Non ! Non ! Encore non ! Je dis bien non ! Tout sauf ça !

Je ne suis pas un handicapé ou une personne de mobilité réduite.

Même si je l'étais,

Je refuserai d'être un clochard du quartier,

Un rebut de la société !

Tout au long de mon vivant, je ne fumerai pas de la drogue ni la cigarette !

Je vais préserver ma santé !

Je vais me protéger contre le cancer des poumons,

Contre les maladies cardiovasculaires,

En suivant strictement les bons conseils des bons médecins de mon beau pays !

Je vais étudier avec mon esprit,

Pour être utile à moi-même,

Utile à ma communauté qui m'a vu grandir,

Et à mon pays, à qui je suis redevable !

C'est maintenant ou jamais,

C'est maintenant ou la pauvreté absolue !

Mangeons ce que nous produisons !

Produisons ce que nous mangeons !

Ayons confiance en nous-mêmes,

Ayez confiance en votre propre personne.

Ô mon cher frère de même sang,
De même culture ou de culture différente !
De couleur identique ou différente !
Détourne-toi de la drogue,
Qui dénature l'homme,
Physiquement, physiologiquement et psychologiquement !
Fais dos à la drogue, aux drogués et dealers du quartier !
Ne leur envie rien,
Éloigne-toi d'eux le plus loin possible.
Disons mille fois non à la nouvelle forme de drogue appelée « Kush »
Qui fait coucher ceux qui en consomment,
Et qui les plonge le plus souvent dans un coma irréversible !
Une drogue sauvage qui fait des ravages présentement dans nos cités !
Une drogue de composition inconnue,
Et de fabricants inconnus !
Mais moi je ne veux pas me coucher prématurément à la fleur de l'âge !

Je refuse de faire honnir ma maman et mes parents !
Car se faire tuer par la drogue « Kush » est déshonorant pour une famille noble,
Une famille digne !
Ô, ma bien-aimée, maman !
Tu peux compter sur moi pour toujours !
Je ne te décevrai pas,
Ni en ta présence,
Et ni en ton absence.
Un enfant béni,
Obéit à ses parents,
Aux personnes âgées, sans distinction aucune
Et aux autorités de son pays, qui le protègent,
Et qui lui offrent l'opportunité de s'épanouir.
Merci à vous, les autorités de mon pays,
Le pays de mes ancêtres !
Que l'âme de nos ancêtres repose en paix,
Amen !

FUMÉE ET SANTÉ

Mon ami,

Je te conseille d'arrêter de fumer maintenant !

Fumer la fumée tue à petit feu le fumeur !

Fumer le tabac est dangereux pour les organes vitaux !

Fumer le tabac et la drogue à la fois est encore plus dangereux !

Les statistiques sur les victimes de nicotine à travers le monde font froid au dos !

Ne fais pas partie de ce décompte macabre !

Pense à ta propre santé et à l'éducation de tes enfants bien-aimés,

Et à ta belle femme, bien sérieuse !

Ne te suicide pas toi-même par la fumée !

Le monde n'est plus ce qu'il était il y a juste deux décennies,

Et il ne le sera plus jamais !

Tout a changé !

Tout s'est transformé spectaculairement, radicalement et insensiblement !

En ton absence, il n'y aura personne pour s'occuper de tes enfants,
En tout cas, convenablement,
Comme tu le voudrais,
À cause des nouvelles contraintes !
Chacun est obsédé dans sa tête !
Chacun est préoccupé par la lutte pour sa survie !
Le monde est sur le qui-vive !
Et personne n'est prêt à céder pour l'autre,
À se sacrifier pour son prochain gratuitement.
Chacun est déterminé à se doter de richesses fabuleuses,
Peu importe le chemin emprunté !
Pourtant nous ne sommes pas pauvres !
Notre pauvreté est structurelle !
On peut bien vivre sans être sur le qui-vive !
Qu'est-ce que Dieu ne nous a pas donné comme richesses pour ne pas être ce que nous sommes ?
On peut bien se passer de la richesse de drogue pour être prospère majoritairement,
Pour être heureux comme les autres !
Ô mes chers amis,
Mes camarades de la même classe,

Nous étions hier des tout-petits dans une garderie de la place !

Aujourd'hui, nous ne portons plus de couche quand on dort !

Il est temps d'avoir un esprit de discernement,

Le vrai du faux,

Et le faux du vrai !

On ne doit plus accepter d'être entraîné dans la déperdition par les amis pervers de l'école ou du quartier !

Un écolier pervers et accro aux stupéfiants au sein de ses camarades dans un établissement est comme une graine d'arachide pourrie qu'on croque avec des graines saines sans s'en rendre compte,

Au finish, on finit par jeter toute la bouchée à cause d'elle !

Refusons que notre génération soit salie par des mauvaises graines,

Qu'elle soit rejetée à cause d'elles !

Refusons qu'elle soit étiquetée de « génération de toxicomanes »,

Elles constituent des menaces sérieuses pour leurs camarades corrects,

Soucieux de passer leurs examens avec brio !
Ô mes camarades de promotion !
Boutons la drogue hors de nos établissements scolaires !
Donnons-nous la main,
Unissons-nous contre les drogués,
Nous élèves non-usagers de drogues,
Nous sommes majoritaires encore dans chaque établissement scolaire,
Dans chaque quartier,
Et dans chaque ville !
Et c'est le bon moment de taper le fer,
C'est le moment ou jamais !
La drogue est sale et rend sale l'esprit de son usager *addict* !
Un cerveau tout le temps souillé par des stupéfiants,
Prédispose l'usager à la folie !
Et la folie est salissante et pitoyable !
Si toutefois on en était conscient !
Le cerveau d'un fou interprète inversement et faussement la réalité !
Il confond le réel à l'irréel, et inversement !

Chaque fou a un style propre à lui !

Un style malheureusement puant, répugnant et ridicule,

En tout cas, pour quelqu'un jouissant de l'intégrité de sa faculté mentale !

Ô mon Dieu !

Que c'est sale, la folie !

Si seulement on le savait !

Pourquoi vais-je moi accepter alors de devenir le fou du quartier,

En usant mes propres doigts,

Pour consommer la drogue

Qui me rend fou ?

Pour fumer de la cigarette,

Qui me rend malade ?

La drogue à certains égards est une menace,

Pour tout régime politique,

Et pour toute civilisation humaine.

Effet d'entraînement

Si je savais ce que je sais aujourd'hui !
Si j'avais écouté mon grand-père, quand j'étais encore enfant !
Si j'avais écouté les conseils de ma grand-mère, quand j'étais encore tout jeune !
Je ne serai pas ce que je suis aujourd'hui !
Si je n'avais pas subi l'influence de ce faux « grand » pervers du quartier !
Si je n'avais pas intégré ce groupe de récalcitrants,
D'insouciants du quartier !
Unis pour le mal !
Unis pour endeuiller les paisibles citoyens,
Je ne serai pas aujourd'hui ce que je suis !
Si je n'avais pas intégré ce groupe de chômeurs de cours,
S'il n'y avait pas eu ce bâtiment vétuste et inachevé à proximité de mon école,
Dans lequel je me cachais avec certains amis à moi,
Pour nous doper abusivement de stupéfiants !
Pour être hors de nous-mêmes !

Je ne serai pas aujourd'hui ce que je suis !

Voilà que les gens ont peur de m'approcher maintenant !

Me prenant pour un fou !

Un fou sale !

Un sale fou !

Mais puisque je ne suis pas totalement irrécupérable encore comme d'autres le sont déjà,

Puisque le neurone central de mon cerveau demeure encore fonctionnel correctement !

Alors je me fais un ambassadeur itinérant et sans frontières,

Pour sensibiliser les élèves du collège et du lycée !

Car c'est l'âge de la tentation !

L'âge de la curiosité de tout tester, même le non testable !

C'est à cet âge que beaucoup d'enfants dérapent et basculent dans l'inimaginable,

Dans le trafic de drogues pour se faire de sou,

Dans la consommation de stupéfiants de tous genres, pour, dit-on, oublier le stress du mal de vivre !

Quitte à mettre en danger la vie des milliers de citoyens !

Un adage ancien ne dit-il pas, je cite : « on ne peut redresser un tronc d'arbre que quand il est très jeune » ?

Les élèves du primaire, du secondaire et du lycée ne constituent-ils pas la pépinière de l'intelligentsia d'un pays ?

Alors je me sacrifierai pour eux,

Pour écrire des textes de sensibilisation pour eux,

Pour les conscientiser sur le danger d'un laisser-aller à la déperdition,

Pour les dissuader de l'abandon scolaire et la consommation abusive de drogues.

Ensemble nous y parviendrons.

J'en suis sûr !

Et j'en suis convaincu !

DROGUE ET CRIMINALITÉ

Ô mon fils aîné !
Mon premier fils,
Le grand frère de ma première fille !
Ne t'approche pas de la drogue !
N'y goûte pas, même une seule goutte !
Car elle tue et rend fou !
Elle rend l'homme criminel !
Elle le prédispose au banditisme et au terrorisme,
À la criminalité,
Et aux travers sociaux.
En ma qualité d'ambassadeur itinérant contre la drogue,
Je dénoncerai les nids des drogués dissimulés çà et là !
Parfois aux abords des établissements scolaires !
La drogue est une menace pour l'ordre social,
Pour la paix et pour la quiétude,
Pour le savoir,
Et pour le savoir-faire,
Pour le développement économique,

Et pour le progrès scientifique !

La proximité des nids des drogués avec les établissements scolaires a un effet de contagion

Sur les autres élèves corrects et intelligents !

Déterminés à bien étudier !

Soucieux de leur réussite !

Je dénoncerai tout agent toxicomane,

Accidentellement incorporé dans l'armée,

Pour ternir l'image de notre vaillante armée !

Je dénoncerai également tout enseignant accro aux stupéfiants,

Accidentellement recruté dans la Fonction publique !

Si ceux qui sont censés assurer notre éducation et la protection des citoyens,

Ce sont ceux-là qui fument et commercialisent les stupéfiants,

Souvent au vu et au su des passants,

Cela va sans dire qu'on est foutu,

Qu'on ne s'en sortira pas !

Si la relève est foutue, l'avenir du pays est foutu !

Alors, ensemble, sauvegardons notre relève,

C'est-à-dire l'avenir de notre beau pays !

AUX TOUT-PETITS

Ô mes chers amis, tout-petits d'Afrique !

Je suis le porte-parole autoproclamé des sans-voix de Dakana !

Pour moi, les sans-voix ce sont les tout-petits !

Ô les tout-petits d'ici et d'ailleurs !

Moi je suis bien aimé par mes deux parents, surtout mon très cher papa,

Le papa des pauvres enfants du quartier,

Le mari de la mère des enfants déshérités !

Mes cris de pleurs écœurent fortement mon papa,

Comme d'ailleurs tout bon père !

Ils le bouleversent profondément !

Si je pleure, il est tourmenté !

Quand je pleure, c'est tout le monde dans ma famille qui s'inquiète,

Ou on me demande de quoi je souffre ou qui m'a frappé !

Je ne sais pas si tel est le cas chez vous aussi avec vos parents.

Chers amis tout-petits !

Je souhaite ardemment qu'il en soit ainsi pour vous.

Le problème des tout-petits doit être un problème de tous et de toutes !

Mes parents auraient pu me maltraiter comme ils le voudraient,

Comme d'autres le font d'ailleurs à leurs propres enfants

Dans une impunité totale,

Souvent des enfants adoptés qui leur sont confiés pour être élevés dignement,

Des orphelins parfois,

Qu'ils soumettent au travail forcé,

Qu'ils transforment en esclaves sexuels,

Parfois en des enfants soldats, voire des terroristes réservistes !

Mes parents auraient pu être violents à mon égard,

Sans qu'ils ne soient inquiétés de quoi que ce soit ou par qui que ce soit,

Rien ne les empêche de le faire !

Aucune loi prévue en la matière pour nous protéger nous les tout-petits !

Mais l'amour protège mieux que la loi !

Il est plus puissant que la bombe atomique ou l'arme nucléaire !

Ô les tout-petits de partout !

Vous êtes de l'or !

Vous n'êtes pas seulement des tout-petits,

Vous constituez aussi l'avenir de cette belle nation arc-en-ciel !

Vous êtes plus valeureux que le diamant bleu, à mes yeux !

Mais imaginez qu'après tous ces sacrifices consentis pour que nous soyons ce que nous serons,

Que nous devenions ingrats vis-à-vis de nos parents ?

Vis-à-vis de toutes ces personnes qui nous ont tant chéris ?

Qui nous ont fait tant de bien ?

Imaginez qu'après tous ces sacrifices consentis, que nous devenions des consommateurs ou distributeurs agréés de drogues dans le quartier ?

Qu'on refuse de prendre les études au sérieux ?

Qu'on devienne paresseux dans la vie comme le paresseux dans la jungle ?

Qu'on réponde mal quand ils s'adressent à nous, même respectueusement ?

Qu'on soit irrespectueux vis-à-vis d'eux ?

Est-ce la bonne manière de les récompenser ?

En tout cas, moi, mes parents ne disposent rien de plus valeureux que moi dans la maison, à leurs yeux !

Je déteste quand même un père violent,

Un tatillon irascible !

Je déteste également ceux qui exploitent abusivement les enfants !

Je n'ai pas de qualificatifs pour ceux qui pratiquent la pédophilie !

Une pratique horrible et nauséabonde !

Ô mes amis tout-petits !

Les amis de demain,

Les amis du futur,

Faisons tout pour ne pas décevoir nos parents,

Lorsqu'on sera grand et responsable !
Ils font tout pour nous pour que nous soyons ce que nous devons être demain !
C'est une dette colossale qu'on ne peut rembourser,
Même en partie, à plus forte raison, de l'effacer !
Nous sommes tout-petits aujourd'hui,
Mais demain, on sera des parents à notre tour !
Des « tout-grands »,
Des grands-parents,
Des arrière-grands-parents !
La vie va ainsi,
Ainsi va la vie !
Tout ce que l'homme fait se paye ici-bas !
Quand tu fais du bien, tu le fais pour toi-même,
Il en est de même pour le mal !
Je prie les parents hargneux à être dociles vis-à-vis des tout-petits sous leur responsabilité !
Ô mes amis,
Les tout-petits du monde entier,
Je compte sur vous,
Et vous pouvez compter sur moi aussi !

Merci à vous, infiniment !

Je vous chéris !

Vous êtes adorables !

Au revoir et à bientôt,

Mes amis,

ENTRE POLICIERS ET DEALERS DU QUARTIER

Chers amis écoliers

J'espère qu'à pareil moment de l'année prochaine,

Que vous soyez tous admis en classe supérieure,

Pour la poursuite de vos études.

Je le souhaite ardemment à chacun d'entre vous,

Surtout aux plus courageux d'entre vous !

Mon intervention porte sur la relation entre policiers et dealers du quartier !

Savez-vous que la relation entre policiers et petits dealers du quartier est comparable à celle qui existe entre les chats et les souris ?

Croyez-moi, c'est vraiment pareil !

C'est un jeu parfois amusant, mais sérieux et dangereux à la fois !

Il peut virer rapidement au drame ou à l'arrestation,

Dès que la couleur vire au bleu !

Quand les policiers anti-drogue font leur apparition soudaine dans le nid des dealers et consommateurs de drogues du quartier,

Aussitôt, ces derniers disparaissent à la vitesse de l'éclair !

C'est comme si eux aussi disposent des informateurs au sein des policiers !

Puisqu'ils sont souvent alertés avant la descente des équipes de patrouille dans le quartier !

Les quelques fois qu'ils sont surpris par les limiers, il faut les voir partir comme des projectiles !

Ils disparaissent aussitôt dans le quartier qu'ils ont l'avantage de maîtriser !

Ils bénéficient souvent de la complicité de leurs propres parents, des analphabètes pour la plupart !

C'est pour vous dire que dans ce monde moderne, l'analphabétisme est une menace pour le bien-être collectif,

C'est d'ailleurs un crime contre l'humanité !

Prenons les études au sérieux !

C'est à travers les études que nous pouvons être réellement indépendants,

Intérieurement et extérieurement,

Que nous pouvons trouver notre salut !

Les dealers sont toujours sur leurs gardes,

Et sont toujours méfiants vis-à-vis de toute personne étrangère de leur milieu !

Je suis conscient que cette lutte est une lutte de longue haleine !

Mais on ne doit pas fléchir,

Elle doit continuer pour le bonheur des citoyens désireux de vivre dans un havre de paix !

Tout dealer est un criminel,

Mais tout criminel n'est pas forcément un dealer !

Le criminel est sans état d'âme dans l'accomplissement de sa sale besogne !

Il n'hésitera pas à faire usage d'arme à feu s'il est coincé,

Ou si son intérêt est menacé,

En dépit des peines souvent lourdes en vigueur en la matière !

Coup de gueule d'un jeune écolier

Mes chers frères écoliers et étudiants,
Je vous déconseille de devenir usagers de drogues !
Car, c'est une aventure dangereuse et incertaine,
Elle ne mène l'homme nulle part sauf à la perdition,
Et au regret !
N'approchez pas de la drogue !
N'enviez pas l'argent de la drogue,
L'argent de la drogue est sale et salissant,
Pour votre dignité et votre personnalité !
Pour l'amour de Dieu,
Pour l'amour de nos parents,
Éloignons-nous de la drogue
Le plus loin possible !
Faisons notre vie sans drogue,
Ne dépendons pas des stupéfiants pour travailler,
Pour étudier !
Faisons notre jeunesse sans addiction à la drogue,

Faisons la promotion d'une jeunesse sans violence,

Sans viol sur mineur,

Ni vol à main armée.

Bref, une jeunesse saine !

Aux forces de défense et de sécurité,

Je vous encourage à continuer d'accomplir loyalement et convenablement votre mission,

Qui est celle de protéger le peuple et l'intégrité du territoire national,

Physiquement et mentalement !

N'acceptez pas de faire discrètement des deals avec des dealers du quartier,

Ne faites pas de brigandages professionnels en vous servant de votre tenue sacrée,

Et de votre poste administratif,

Au risque d'être un super malfaiteur !

Aux juges corrompus,

Qui libèrent délibérément les malfaiteurs arrêtés au prix de la vie de nos vaillants agents de sécurité,

Moyennant quelque chose,

Qu'ils arrêtent de trahir leur serment sacré,

Que je n'ai point besoin de rappeler ici !

Ceci relève de la haute trahison !

Se rendre coupable d'une telle complicité est passible de lourdes peines,

Vous savez cela mieux que moi !

Oh ! Que c'est honteux et déshonorant,

Qu'un juge soit jugé pour complicité de crime, pour la corruption et pour le détournement du denier public !

Qu'un agent de sécurité publique soit arrêté et reconnu coupable de viol et de vol à main armée, parfois sur un cadavre,

Ceci est un acte inqualifiable !

Mais moi je préfère mourir que d'être vu deux fois différemment dans ma vie !

Dans un système de gouvernance corrompu, personne ne gagne,

C'est tout le monde qui en fait les frais,

Directement ou indirectement,

Tôt ou tard,

Même après ta disparition de ce monde monnayé aux bailleurs à vil prix !

C'est même suicidaire d'encourager la mal gouvernance,

Qui engendre l'insécurité !

Comme la sécurité, l'insécurité concerne tout le monde dans la cité !

Parmi vous, jeunes écoliers ici présents, qui n'aspire pas à une vie meilleure et paisible ?

Ô vous les complices des malfaiteurs ou bandits de grand chemin !

Si vous ne subissez pas les conséquences de votre complicité avec les criminels,

Vos femmes et vos enfants les subiront,

D'une manière ou d'une autre,

Directement ou indirectement !

Ils seront menacés d'enlèvement et de séquestration,

On vous demandera une rançon pour leur libération,

Ils seront harcelés et terrorisés en guise de représailles,

Pour que vous les autorités locales vous déguerpissez des lieux pour leur laisser le terrain libre pour l'accomplissement de leur sale besogne,

Afin qu'ils fassent ce qu'ils veulent aux paisibles citoyens sans être inquiétés par qui que ce soit ou quoi que ce soit,

Ensemble, mobilisons-nous contre les dealers et criminels du quartier !

Ils sont encore minoritaires parmi nous dans nos quartiers respectifs.

Pourtant ils sont connus de tout le monde, ces criminels !

Ils ne sont pas cachés, mais qui savent se cacher ou se confondre à la population riveraine, à la moindre alerte venant de leurs complices !

Ils utilisent des numéros de téléphone inconnus pour communiquer entre eux avant de commettre des délits, souvent graves !

L'internet a tendance à être autant utile que nuisible, tellement la population des arnaqueurs croît exponentiellement

Et est essentiellement urbaine !

Même des illettrés savent exploiter les NTIC pour arnaquer les citoyens,

Surtout ceux vivant en milieu rural !

L'arnaque est devenue vraiment une activité lucrative,

Le chômage massif et le désœuvrement des jeunes aidant !

Et le plus souvent les victimes n'ont pas où se plaindre au risque de se faire arnaquer de nouveau !

Dans la république de Dakana,

C'est tout le monde qui est proie et prédateur à la fois,

Tantôt, on est proie,

Tantôt, on est prédateur !

Tantôt, on est sacrificateur,

Tantôt, on est sacrifié !

Chacun fait semblant de n'être au courant de rien,

Un silence coupable,

Mais condamnable !

Les producteurs de cannabis de chaque localité du pays sont connus de tous,

Les zones de production par excellence et les portes d'entrée des stupéfiants sont également connues de tous !

Mais que faut-il faire pour que ces producteurs dépendant de la production de cannabis puissent changer de spéculation ?

Pour que les populations rurales arrêtent d'inonder les zones minières artisanales à la recherche de l'or ?

De nos jours, il faut reconnaître que l'orpaillage artisanal est devenu une menace sérieuse pour la production céréalière dans ce pays !

Et il n'est un secret pour personne que les zones minières, notamment les mines artisanales, sont des zones les plus touchées par ce fléau de drogues !

Même s'il faut fermer toutes les mines artisanales du pays, il faut le faire,

Pour l'amour et pour le progrès !

L'homme vaut mieux que de l'or !

Sauf que les activités minières ne détruisent pas seulement que l'environnement,

Elles détruisent également l'homme lui-même !

Ce sont des foyers d'hybridation de la criminalité de tout genre !

Espérant que mon cri du cœur sera entendu par des décideurs politiques mondiaux,

Je vous remercie pour l'importance que vous voudriez bien accorder à ma requête.

Mensonge et malhonnêteté

Mon cher ami,

Arrête de mentir maintenant !

Le mensonge n'apporte que du regret à l'homme,

Il n'amène l'homme nulle part,

Si ce n'est vers la honte !

Parmi toutes les créatures divines, le seul qui ment c'est l'homme !

Il mange avec sa bouche et il ment avec elle !

On peut tromper les concitoyens, mais on ne peut pas tromper Dieu,

Le Tout-Puissant !

Le Créateur des créateurs,

Le Créateur des perpétuels apprenants,

Le Créateur des cieux et de la terre !

Il sait ce qui est dissimulé dans nos cœurs,

Et ce que nous disons ouvertement !

Toi, le drogué du quartier,

Dieu sait que tu te drogues,

Des voisins le savent aussi,

Tes amis également !

Même si tu descends sous la mer ou sous la terre, les gens sauront que tu es usager de la drogue !

Ceux qui t'observent discrètement sont plus malins que toi,

Et cela, tu l'oublies !

Ils te connaissent mieux que toi-même !

Où que tu te caches pour commettre quelque chose de mauvais,

Dieu te voit,

Et les hommes le sauront aussi !

Où que tu sois et quoi que tu sois,

Il le sait !

Si tu mens,

Il le sait !

Si tu dis la vérité,

Il le sait aussi !

Toi tu te prends pour qui,

Tu prends les gens pour qui ?

Cesse de mentir,

Tu es usager de drogues,

Et tu le sais bien !

Chaque fois qu'on te demande si tu fumes ou pas de la drogue,

Tu as toujours répondu négativement !

Alors que tu sais pertinemment que tu te drogues,

Tout le monde le sait dans le quartier que tu es un drogué désœuvré !

Les riverains le savent !

Mais tu te trompes toi-même !

Le mensonge et la malhonnêteté vont de pair,

Ce sont deux jumeaux !

Il en est de même pour la criminalité !

Tout grand malfaiteur est un grand menteur !

Mais si tu commets du tort à quelqu'un, tu le fais contre toi-même,

Les mauvais comportements de l'homme le suivent et le rattrapent toujours,

Tôt ou tard, d'une manière ou d'une autre !

Et le péché est suicidaire,

Non seulement pour le pécheur lui-même,

Mais pour sa descendance également !

Évitons d'en commettre !

Mais sache que le mensonge a une durée limitée dans le temps !

Tôt ou tard, il finira par être absorbé par la vérité !

Personne ne fait confiance à un consommateur avéré de drogues

Compte tenu de sa réaction féroce et imprévisible !

Compte tenu de son apparence !

Mais quelle que soit la durée de dissimulation d'une main coupée dans une poche, tôt ou tard, on le saura !

Tu as intérêt à écouter les sages conseils des sages personnes,

Il y va dans ton intérêt !

L'UN OU L'AUTRE

Chers collègues,

Vous le savez autant que moi,

Que le choix est capital dans la vie de l'homme,

Il est déterminant pour la réussite et pour l'échec !

Mais le choix a un prix,

Le choix s'assume !

Le choix se décide intérieurement !

Le choix est personnel et souverain !

Soit je le suis ou je ne le suis pas !

Soit je suis pour ou je suis contre !

Soit je suis une proie ou je suis un prédateur !

Soit c'est le commensalisme ou c'est la prédation !

Soit c'est la symbiose ou c'est la compétition !

Soit je suis un mâle dominant ou je suis un mâle dominé !

Soit c'est la reproduction sexuée ou c'est la reproduction asexuée !

Soit, je suis drogué ou je ne le suis pas !

Soit je suis fou de la drogue ou je ne le suis pas !

La vie elle-même est un choix !

Choisir de vivre dignement est un choix !

Choisir de vivre sans drogue est un choix salutaire !

Mais l'addiction en tant que telle s'acquiert instinctivement et inconsciemment dans la foulée !

Par effet d'entraînement !

Elle est la conséquence d'un choix erroné,

Un accident de parcours,

Personne ne souhaite être un toxicomane ou un soulard dans son quartier !

La drogue tue l'esprit et endommage irréversiblement le cerveau !

Elle rend idiot son consommateur accro !

C'est elle qui constitue la cause de la folie chez de nombreux jeunes de la cité !

Ô que c'est sale la folie !

Je refuse de devenir fou par le fait de l'effet de drogues !

Un fou est dépourvu de l'instinct de survie !

Il ne fait pas de différence entre ce qui est bon et ce qui est mauvais !

Il ne réfléchit pas deux fois avant d'agir !

S'il agit, c'est sans autant savoir s'il le fait pour le bien ou pour le mal !

Lui, il agit seulement !

Ses décisions sont prises de manière irréfléchie et spontanée !

Ensemble, opposons-nous à l'expansion de la commercialisation et au trafic de stupéfiants,

Dans notre pays,

Dans notre ville,

Dans notre village,

Dans notre quartier !

Un enfant non accro aux stupéfiants est un enfant béni,

Et quand on est béni,

C'est qu'on est bien éduqué,

Tout enfant bien éduqué est respectueux et poli dans la vie !

Un enfant béni s'éloigne des pratiques illégales et illicites !

C'est aussi un enfant doté de bons réflexes,

Des réflexes lui permettant de bien cohabiter avec les autres,

Dans la paix et dans la convivialité !

La drogue assombrit l'avenir de ceux qui la consomment,

Et qui en sont dépendants !

À vrai dire, c'est plus facile de sensibiliser un enfant bien éduqué qu'un enfant mal élevé !

LE MAL SANS REMÈDE

S'il y a un mal qui n'a pas de remède, c'est bien la malédiction, l'antonyme de la bénédiction !

Comme la bénédiction, la malédiction se construit elle aussi inconsciemment au fil du temps !

Elle peut s'acquérir par suite d'un acte ou tort causé à quelqu'un dans le but de lui nuire ou le déposséder de son bien,

Soit par la force parce qu'on est plus fort que lui,
Ou par la ruse ou le machiavélisme parce qu'on est plus malin que lui !

Mais certains laissent leur sort à Dieu, alors que pour d'autres, c'est du tic au tac

Le talion,

Demain est long pour eux !

Ils se rendent justice eux-mêmes invisiblement et souvent à distance,

Ils jettent un mauvais sort sur les malfaiteurs ou les mal éduqués de la société

Qui leur ont fait du tort, parfois même sans se rendre compte du tort qu'ils commettent !

Les enfants de l'Afrique d'hier étaient conscients du danger de commettre du tort à quelqu'un injustement,

Surtout lorsqu'il s'agit de quelqu'un qu'on ne connaît pas ou qui ne nous est pas familier,

Car on ne sait pas de quoi l'intéressé est capable,

Physiquement,

Administrativement,

Et mystiquement !

Ils étaient conscients que l'inconnu génère des surprises, pouvant être agréables ou désagréables !

Au risque de se voir un jour malheureux dans la vie !

Eux, ils savaient que la longévité s'achète !

Bref, vaut mieux agir correctement, intelligemment et respectueusement,

Tout en évitant des péchés !

Des péchés dont les conséquences se font sentir lorsqu'on ne se souvient même plus de ce que l'on a commis comme tort à quelqu'un d'autre !

L'Afrique avait des valeurs,

Des valeurs difficiles tout de même à défendre scientifiquement,

Mais perceptibles pourtant dans la vie quotidienne !

La mauvaise éducation et la malédiction vont de pair, sans grande différence,

Si fait, qu'on les confond le plus souvent !

Si on est bien éduqué, on a beaucoup plus de chance de ne pas être maudit dans sa vie !

Lorsque la mauvaise éducation est généralisée dans un pays, cela peut compliquer la gouvernance !

Et il y a un temps bien défini pour l'éducation des enfants,

Passé ce temps, on qualifiera l'enfant de bien éduqué ou de mal éduqué !

Et il n'y a pas de garage pour la réparation de l'être humain !

Il n'y a que la prison pour garder les malfaiteurs !

Quand quelqu'un est mal éduqué, ne sois pas étonné s'il devient un brigand ou un toxicomane dans le quartier,

Ne sois pas étonné quand tu entends qu'il est devenu un maudit dans sa vie !

Ne sois pas étonné quand tu entends qu'il est condamné à perpétuité pour meurtre ou assassinat !

Les conséquences de la malédiction se manifestent sous plusieurs formes !

Soit on est maudit soit on est béni !

Soit on est bien éduqué ou on ne l'est pas !

L'éducation primaire des enfants incombe aux parents,

C'est de leur responsabilité d'inculquer les premiers gestes de bonne conduite à leurs enfants !

L'enfant est moulé à l'image de ses propres parents, parfois suivant le genre !

Chacun est ambassadeur de sa famille et de son pays, dit-on.

Faites en sorte qu'on soit nous aussi de bons ambassadeurs pour nos familles respectives,

Et pour notre pays.

La bonne éducation fait partie des remèdes contre la drogue,

Et pour une vie de société stable !

Elle facilite la sensibilisation des enfants !

Bref, la lutte contre la drogue doit aller de pair avec la lutte contre l'insécurité alimentaire !

La faim rend sourd les enfants,

L'extrême pauvreté prédispose les enfants à la délinquance, à l'addiction et à la criminalité,

Ces enfants devenus criminels sont qualifiés par certains de microbes,

Par d'autres, d'enfants de la rue ou de sans-abris !

À vrai dire, la famine prolongée dans une famille disperse les enfants dans le quartier,

Ils deviennent incontrôlables !

La réduction de la pauvreté réduit par ricochet la criminalité et la dépendance aux stupéfiants dans le pays !

Alors, ensemble, combattons la précarité au sein de notre société pour que chaque enfant puisse manger à sa faim !

On sait tous que l'extrême pauvreté dépossède l'être humain de sa dignité !

Ensemble, battons-nous pour préserver notre dignité !

IMPORTANCE DE L'ÉDUCATION

Dans l'éducation des enfants, la responsabilité parentale est déterminante !

Les parents éduquent différemment leurs enfants !

Il y en a, c'est quand ils sont riches qu'ils perdent le contrôle sur leurs propres enfants !

Alors que pour d'autres, c'est la misère qui en constitue la cause principale !

Mais c'est quand on aime un enfant,

Qu'on veille sur lui !

L'éducation d'un enfant, qui qu'il soit, ne se fait pas par la violence,

Mais par l'intelligence,

Par la caresse !

Il y a l'affection,

Il y a l'éducation !

Tout bon père,

Est un bon éducateur,

Et il sait que l'éducation des enfants doit aller avec la carotte et le bâton !

Mais ce n'est pas en mettant des voitures de luxe à la disposition des enfants qu'on est un bon père !

Au contraire, si on aime son enfant, on ne fait pas tout ce qu'il demande de faire pour lui !

Savez-vous quand vos enfants sortent de la concession familiale, surtout pendant la nuit, ce qu'ils font ?

Je vous informe qu'ils sortent pour aller dans les *lounges* pour fumer la chicha,

Ils sortent pour aller consommer de drogues dures, pour danser sauvagement dans les bars ou maquis,

Pour boire de l'alcool malgré leur jeune âge,

Pour se prostituer et pratiquer des pratiques sexuelles sauvages et dégradantes

En dépit de leur immaturité sexuelle.

Bref, ils sortent pour faire ce que vous-même et vos aïeux n'avez connu tout au long de votre existence !

Chers parents d'élèves d'ici et d'ailleurs !

Je sais qu'être un parent d'élève de nos jours est très difficile, tellement les contraintes sont nombreuses !

La vie est devenue trop chère,

Voire même insupportable pour un citoyen ordinaire !

Souvent, on ne sait pas ce qu'il faut prioriser entre le payement des frais de scolarité des enfants, du loyer et des dépenses familiales quotidiennes !

Aussi, avec l'accroissement démographique et le développement des moyens de déplacement, les maladies se développent elles aussi !

Les enfants tombent malades et guérissent d'eux-mêmes, sans soins,

Faute de moyens et de structures sanitaires adéquates !

Mais dans cette vie, rien n'est mauvais en soi à 100 % !

Chaque chose a un aspect positif et un aspect négatif !

À force de survivre naturellement à des maladies parfois hautement contagieuses et mortelles,

À force de vivre dans un environnement sale avec des pathogènes,

Notre système immunitaire s'est renforcé, si fait que la COVID-19 a fait plus de peur que de dégâts chez nous !

C'est pour dire que même le sous-développement présente des avantages !

En dépit de tout cet état de fait, vous devez être attentifs à l'éducation de vos enfants,

Qui est doublement bénéfique :

Et pour vous et pour eux-mêmes !

Vous devez investir dans leur éducation,

L'investissement dans le capital humain est le meilleur investissement !

L'éducation est plus chère que l'or,

Plus chère qu'un château,

Même plus chère que l'argent que vous utilisez pour les gâter !

Sans elle, il n'y a pas de paix familiale,

Sans elle, l'héritage familial devient une poudrière, une bombe à retardement !

Si vous voulez vivre en paix ici-bas et dans l'au-delà,

Éduquons bien vos enfants,

Car l'éducation est le meilleur héritage !

Toi, citoyen lambda, ne détourne pas l'argent de ton concitoyen pour, dit-on, construire l'avenir de tes enfants !

Toi, haut responsable de l'État, ne détourne pas le denier public pour, dit-on, construire l'avenir de tes enfants,

Cela est suicidaire !

La construction de l'avenir des enfants d'un même pays est un mouvement d'ensemble !

Et cela exige l'implication de tous et de toutes !

Les parents, les enseignants et l'État,

Chacun de son côté doit jouer pleinement son rôle pour l'éducation des enfants du pays !

Les familles sont sous la responsabilité des chefs de famille,

Les établissements scolaires relèvent de la responsabilité des chefs d'établissement,

Mais ce qui se passe dans les rues et dans les lieux publics relève de la responsabilité de l'État !

Ô les hommes fortunés du pays !

Éduquez vos enfants,

Inculquez-leur de bonnes manières de vivre !

Vos enfants ne profiteront pas durablement des biens mal acquis,

Des biens publics détournés !

Si les hommes n'agissent pas pour punir,

Dieu agira pour rétablir l'ordre,

Discrètement, d'une manière ou d'une autre !

Et le jugement divin est sans équivoque,

Quand c'est rendu, il n'y a pas d'appel à la cassation,

C'est sans recours !

Vos familles se déchireront en votre présence dans ce monde d'ici-bas,

Si vous êtes malchanceux !

Si vous êtes chanceux, cela se fera après votre disparition !

Et si vous mourrez,

Puisque chacun va mourir tôt ou tard,

Ils se battront entre eux impitoyablement à cause de ce que vous leur laisserez comme héritage !

Ils iront en justice pour le partage des biens que vous leur laisserez comme héritage, pour qu'ils vivent mieux !

D'autres se feront molester même par des agents en charge de l'application des décisions de justice !

La chienlit s'installera dans vos familles après votre départ de ce monde,

Si vous êtes chanceux !

Sinon, les hostilités commenceront pendant que vous vivez encore,

En chair et en os !

La veillée d'armes commencera lorsque vous êtes encore en vie et déjà à la retraite,

Pendant que vous êtes plus proche de l'au-delà que le monde d'ici-bas.

Lorsque vous êtes entre la vie et la mort,

Ils monteront des vidéos pour s'insulter mutuellement sur les réseaux sociaux,

Ils s'humilieront virtuellement devant les internautes et gratuitement,

Faute de compromis et de retenue !

Même ayant été allaités par les mêmes seins,

Ils se regarderont en chiens de faïence,

Ils combattront entre eux férocement pour le contrôle de votre héritage !

Ils déballeront tout virtuellement et publiquement,

En prenant pour témoins leurs « followers » sur Facebook !

Et chacun supportera son fan ou son idole !

Des blogueurs s'y interféreront pour apporter leur jugement !

Des gendarmes feront la sentinelle chez vous pour empêcher vos propres enfants d'y accéder,

Ou du moins, certains d'entre eux !

Vos biens seront finalement gérés par un huissier de justice, faute d'accord à l'amiable !

Un adage ne dit-il pas, je cite : « Une cité où il n'y a pas d'entente entre les habitants est une ruine en attente. »

Chers collègues parents d'élèves

Faisons en sorte que nos enfants étudient bien,

Seules les études payent mieux,

Occupons-nous bien d'eux.

Bien éduqués socialement, académiquement et religieusement,

Ils sauront gérer eux-mêmes l'héritage qu'on leur laissera,

Ils sauront se départir des litiges familiaux insensés pour s'occuper de l'essentiel.

Bref, ils sauront tirer leur épingle du jeu, en toute circonstance et en tout lieu.

Ils compteront avant tout sur eux-mêmes et non sur votre héritage !

Hébété et profondément inquiet quant à la tournure que prennent les phénomènes socialement déviants dans mon pays, je me suis fait le devoir d'aller consulter un scientifique !

Je lui ai demandé son avis sur ce qu'il faut faire pour que nos enfants deviennent nos enfants.

Malheureusement, en dépit de ses immenses connaissances scientifiques, il reste lui-même dubitatif quant à l'avenir de l'éducation des enfants dans un monde abusivement numérisé et évoluant en réseau !

Pour lui, les parents donnent naissance aux enfants, mais l'internet éduque ces derniers à sa manière !

Face à l'émergence d'une nouvelle espèce humaine, des zombies pour la plupart, à l'en croire, on va beau parler, mais l'intelligence artificielle finira par avoir raison de l'intelligence humaine !

« L'homme deviendra l'otage des produits de sa propre réflexion », a-t-il ajouté avant de renchérir : « On ne peut rien faire face à un robot tueur à gages, si on ne connaît pas son code d'utilisation ! »

En posant autrement la même question à un marabout, à savoir : pourquoi nos enfants deviennent-ils tels qu'ils sont ?

Cet érudit pense que l'humanité doit revenir à la raison,

Que les décideurs politiques doivent faire leur propre mea culpa !

Pour lui, rien ne justifie cette malédiction généralisée qui s'abat sur les êtres humains que l'ingratitude !

Soit on est heureux soit on est malheureux.

C'est l'un ou l'autre !

Lui, il pense que malgré le rôle que jouent les marabouts et imams dans l'éducation et dans la moralisation de la vie publique par leurs prêches, ils sont oubliés et abandonnés à leur propre sort !

À l'écouter, on comprend aisément qu'il est inquiet,

Il est inquiet lui-aussi de l'impact des réseaux sociaux sur notre mode de vie,

À court et à long terme !

Pour lui, à cause des réseaux sociaux, il n'y a plus de secrets !

Tout se déballe sur les réseaux sociaux,

Allant de la vie intime aux secrets des marabouts !

Il s'inquiète également de la disparition des forêts et avec elles, tout leur écosystème et mystère !

Lui, il pense que les marabouts et tradipraticiens de la prochaine génération auront du mal à trouver des matériels végétaux, aquatiques et halieutiques nécessaires pour l'efficacité de leur travail !

Il est convaincu de la disparition de beaucoup de métiers dans les prochaines années !

Et pire, lui, il ne voit aucun sacrifice pouvant éviter cela !

« Tout bon marabout est un bon médecin,

C'est-à-dire un sauveur. Hélas ! » a-t-il conclu.

Les bienfaits de la bienfaisance

Il y a plusieurs manières de faire du bien !

Il y a des bienfaits faits rien que pour Dieu !

Mais il y a aussi des bienfaits faits pour des raisons politiques ou machiavéliques !

La meilleure façon de réussir dans la vie,

C'est de faire du bien autant qu'on peut !

Le bénéfice du bienfait, c'est que même ceux qui n'ont jamais bénéficié de bienfait de ta part parleront de toi,

Et te qualifieront de bienfaiteur

Sans même te connaître physiquement !

Faire du bien dans l'anonymat est plus bénéfique que quand il est fait de manière ostentatoire et orgueilleuse !

Dieu n'a pas de prix pour un vaniteux,

Pour un orgueilleux !

Les bienfaits de l'homme se font parler d'eux-mêmes !

Ces échos se font entendre derrière l'homme !

Au-delà des récompenses divines du bienfait

Dont tu bénéficieras, tôt ou tard,
Les hommes parleront de toi et de tes bienfaits,
Que tu fais pour tes semblables,
Pour les nécessiteux autour de toi,
Parfois dans les lieux où tu n'es pas présent !
Certes, on ne peut pas aider tout le monde à la fois !
Même si on ne peut pas venir en aide à quelqu'un,
Rien que le simple fait d'exprimer intérieurement et extérieurement son empathie pour la personne dans le besoin,
On saura que, si tu en avais les moyens, tu l'aurais fait !
Tout cela démontre le caractère de bienfaisance ou de bienveillance de quelqu'un,
La compassion !
Mais faire l'hypocrite ou faire semblant d'aider n'a pas de sens,
Et n'a pas de prix,
Ni dans ce monde ici-bas,
Ni dans l'au-delà !
Parce que devant ceux pour lesquels tu le fais,

Ils savent que ce que tu fais relève de l'hypocrisie,
De la démagogie !
La foi va avec la sincérité,
Avec la bienfaisance,
Avec empathie !
Il y a des hommes hypocrites et il y a aussi des femmes hypocrites !
Mais l'hypocrisie est mieux pour une femme que pour un homme !
Entre deux maux, on choisit le moindre !
L'antonyme de la bienfaisance, c'est la malfaisance !
L'excès de la rivalité amène la méchanceté !
Quelqu'un qui est méchant est un jaloux,
Et vice-versa !
Comme la rivalité, l'excès de la jalousie pousse à la criminalité !
Quand tu es un bienfaiteur, lorsque toi aussi tu as besoin de l'aide,
Les gens agiront pour toi,
Et de manière instinctive et spontanée !
Cette réaction est naturelle et humaine,

Et elle se comprend !

On fait du bien pour aider quelqu'un à se tirer d'affaire,

À subvenir à ses besoins durablement !

Mais on ne doit pas faire du bien pour encourager la paresse chez les jeunes gens désœuvrés du quartier !

L'argent encourage la paresse,

L'argent est mauvais et dangereux,

C'est l'argent qui est à la base de notre retard,

Le retard de beaucoup de pays africains !

L'argent est satanique !

L'argent tue et fait tuer !

L'argent encourage le chômage !

L'argent est un appât !

L'argent facile facilite le gaspillage et la débauche !

Le premier ennemi de l'homme, c'est l'argent !

Si tu veux, tu peux refuser de faire du bien aux autres,

Mais sache qu'il y aura quelqu'un d'autre qui le fera à ta place.

Et un jour, tu auras honte d'avoir refusé d'aider les autres

Quand ils en avaient vraiment besoin !

N'est-ce pas une honte,

La honte de croiser le regard de tout ce monde,

Que tu as refusé d'aider alors que tu avais les moyens de le faire autrefois ?

Maintenant que tu as refusé de le faire,

Te voilà et les voilà tous présents aujourd'hui

À la cérémonie de baptême d'un parent commun à vous tous !

Te voilà maintenant dépossédé de ce dont tu t'enorgueillissais,

Te voilà redevenu un citoyen ordinaire !

Te voilà maintenant sans récompense dans ce monde ici-bas et sans récompense dans l'au-delà !

N'est-ce pas une double perte ?

Te voilà maintenant doté d'une canne pour pouvoir te déplacer avec le dos courbé !

Voilà que les seins pour lesquels tu n'écoutais plus personne et ne voyais plus rien, ont fané et n'attirent pratiquement plus personne !

Seul le pouvoir de Dieu est éternel !

Tout le reste est éphémère !

Mais sachez aussi qu'on peut faire du mal à quelqu'un, tout en faisant du bien à d'autres personnes !

Tel est le cas des voleurs et des criminels !

Cette forme de gentillesse ou d'aide n'a pas de récompense,

Ni ici-bas,

Ni dans l'au-delà !

Il fait du bien, mais il est un criminel dangereux,

Il fait du bien, mais il est un drogué,

Il fait du bien, mais il est un dealer du quartier,

Il prie, mais il est un adultère chevronné,

Il est un bon enseignant en classe, mais il est un coureur de jupons redoutable !

Chers amis,

Laissons les mauvais comportements,

Et adoptons de bons gestes,

Pour notre propre bien-être,

Et pour la prospérité collective !

TABLE DES MATIÈRES

Structures éditoriales du groupe L'Harmattan

L'Harmattan Italie
Via degli Artisti, 15
10124 Torino
harmattan.italia@gmail.com

L'Harmattan Hongrie
Kossuth l. u. 14-16.
1053 Budapest
harmattan@harmattan.hu

L'Harmattan Sénégal
10 VDN en face Mermoz
BP 45034 Dakar-Fann
senharmattan@gmail.com

L'Harmattan Cameroun
TSINGA/FECAFOOT
BP 11486 Yaoundé
inkoukam@gmail.com

L'Harmattan Burkina Faso
Achille Somé – tengnule@hotmail.fr

L'Harmattan Guinée
Almamya, rue KA 028 OKB Agency
BP 3470 Conakry
harmattanguinee@yahoo.fr

L'Harmattan RDC
185, avenue Nyangwe
Commune de Lingwala – Kinshasa
matangilamusadila@yahoo.fr

L'Harmattan Congo
219, avenue Nelson Mandela
BP 2874 Brazzaville
harmattan.congo@yahoo.fr

L'Harmattan Mali
ACI 2000 - Immeuble Mgr Jean Marie Cisse
Bureau 10
BP 145 Bamako-Mali
mali@harmattan.fr

L'Harmattan Togo
Djidjole – Lomé
Maison Amela
face EPP BATOME
ddamela@aol.com

L'Harmattan Côte d'Ivoire
Résidence Karl – Cité des Arts
Abidjan-Cocody
03 BP 1588 Abidjan
espace_harmattan.ci@hotmail.fr

Nos librairies en France

Librairie internationale
16, rue des Écoles
75005 Paris
librairie.internationale@harmattan.fr
01 40 46 79 11
www.librairieharmattan.com

Librairie des savoirs
21, rue des Écoles
75005 Paris
librairie.sh@harmattan.fr
01 46 34 13 71
www.librairieharmattansh.com

Librairie Le Lucernaire
53, rue Notre-Dame-des-Champs
75006 Paris
librairie@lucernaire.fr
01 42 22 67 13